**CLÁSSICOS DA
LITERATURA UNIVERSAL**

DE QUANTA TERRA
PRECISA UM HOMEM

O livro é a porta que se abre para a realização do homem.
Jair Lot Vieira

LEV TOLSTÓI

DE QUANTA TERRA PRECISA UM HOMEM

Tradução e notas
Natália Petroff

Posfácio
Denise Sales

VIALEITURA

Copyright da tradução e desta edição © 2017 by Edipro Edições Profissionais Ltda.

Título original: Много ли человеку земли. Publicado originalmente na Rússia em 1886. Traduzido a partir da primeira edição.

Todos os direitos reservados. Nenhuma parte deste livro poderá ser reproduzida ou transmitida de qualquer forma ou por quaisquer meios, eletrônicos ou mecânicos, incluindo fotocópia, gravação ou qualquer sistema de armazenamento e recuperação de informações, sem permissão por escrito do editor.

Grafia conforme o novo Acordo Ortográfico da Língua Portuguesa.

1ª edição, 1ª reimpressão 2022.

Editores: Jair Lot Vieira e Maíra Lot Vieira Micales
Coordenação editorial: Fernanda Godoy Tarcinalli
Produção editorial: Carla Bitelli
Edição de texto: Denise Gutierres Pessoa
Assistência editorial: Thiago Santos
Revisão da tradução: Oleg Almeida
Preparação: Denise Gutierres Pessoa
Revisão: Lucas Puntel Carrasco e Thiago Santos
Editoração eletrônica: Estúdio Design do Livro
Capa: Marcela Badolatto | Studio Mandragora

Dados Internacionais de Catalogação na Publicação (CIP)
(Câmara Brasileira do Livro, SP, Brasil)

Tolstói, Lev, 1828-1910.

De quanta terra precisa um homem / Lev Tolstói; tradução de Natália Petroff; posfácio de Denise Sales. – São Paulo: Via Leitura, 2017.

Título original: Много ли человеку земли; 1ª ed. 1886.

ISBN 978-85-67097-41-1 (impresso)
ISBN 978-65-87034-15-7 (e-pub)

1. Literatura infantojuvenil 2. Literatura russa I. Petroff, Natália. II. Título.

17-02244   CDD-028.5

Índices para catálogo sistemático:
1. Literatura infantojuvenil : 028.5
2. Literatura juvenil : 028.5

VIA LEITURA

São Paulo: (11) 3107-7050 • Bauru: (14) 3234-4121
www.vialeitura.com.br • edipro@edipro.com.br
 @editoraedipro   @editoraedipro

SUMÁRIO

De quanta terra precisa um homem, *7*

Posfácio: O século XXI precisa de Tolstói?, por Denise Sales, *51*

DE QUANTA TERRA
PRECISA UM HOMEM

|

A irmã mais velha veio visitar a mais nova, que vivia na aldeia. A mais velha casara-se com um comerciante na cidade, e a mais nova, com um camponês da aldeia. As irmãs sentaram-se para tomar chá e conversar. Então a mais velha passou a se gabar, a elogiar a vida que tinha na cidade: como ela vive, onde tudo é espaçoso e limpo, como veste bem os filhos, come e bebe bem e faz passeios, vai a festas e teatros.

A irmã mais nova, sentindo-se despeitada, começa então a falar mal da vida dos comerciantes e exaltar a dos camponeses.

"Eu jamais trocaria a minha existência pela sua", disse. "Nossa vida é sem graça, que seja, mas não conhecemos o medo. É fato que vocês vivem mais asseados, porém das duas uma: ou ganham muito, ou perdem tudo. Não existe um ditado que diz que a perda e o lucro são irmãos? Acontece também que hoje você pode estar rica, amanhã poderá estar pedindo esmola. Nossa vida roceira é mais segura, o camponês tem pouco alimento, mas ele não nos falta. Não seremos ricos, mas teremos a barriga cheia."

A irmã mais velha tomou a palavra:

"Eta, que barriga cheia! Entre porcos e bezerros! Não têm ordem nem trato! Por mais que seu marido se esforce, morrerão como sempre viveram – num monte de estrume! E seus filhos vão viver do mesmo jeito!"

"E daí?", retruca a mais nova. "Nosso negócio é assim mesmo. Em compensação, vivemos seguros, não abaixamos a cabeça nem tememos a ninguém.

Vocês na cidade vivem mergulhados nas tentações; hoje parece bom, mas amanhã o demônio pode cruzar o seu caminho – quando você menos espera, ele vem tentar o seu marido com baralho ou com vinho ou com uma rapariga. E então estará tudo perdido. Não é assim que acontece?"

Pahóm, o dono da casa, escutava a tagarelice das mulheres, deitado sobre o forno.[1]

"Isto realmente é verdade", pensou. "Enquanto se ara a mãe-terra desde pequeno, não sobra lugar na cabeça para besteiras. A única tristeza é que não temos terra o bastante. Tivéssemos o suficiente, nem mesmo o diabo eu temeria!"

As mulheres terminaram o chá, conversaram ainda sobre vestidos, lavaram a louça e foram dormir.

Enquanto isso ocorria, o diabo, escondido atrás do fogão, escutara tudo. Alegrara-se com o que

---

1. Os camponeses construíam seus fornos não só para cozinhar, mas também para dormir e se aquecer em prateleiras que os encimavam.

a mulher do camponês levara o marido a dizer, vangloriando-se, que se tivesse terra o bastante nem o diabo o seduziria.

"Está certo", pensou, "veremos. Vou lhe dar muita terra. E é com ela que vou pegá-lo!"

II

Perto dos camponeses vivia uma pequena proprietária, que possuía cento e vinte *dessiátinas*[2] de terra. Vivia inicialmente em paz com os vizinhos, não os destratava. A senhora, porém, contratou um soldado reformado como feitor, que se pôs a atormentar os camponeses com multas. Por mais

---

2. *Dessiátina*: medida de terra usada na Rússia tzarista; uma *dessiátina* equivalia a aproximadamente 1,0925 hectare.

cuidadoso que Pahóm fosse, ora seu cavalo invadia a plantação de aveia da senhora, ora a vaca perambulava pelo jardim, ou ainda os bezerros fugiam para os pastos – por tudo isso era aplicada uma multa.

Pahóm pagava, porém depois xingava seus familiares e batia neles. E assim acabou, por causa daquele feitor, acumulando muito pecado durante o verão. Agora alegrava-se por saber que o gado estaria no curral durante o inverno e, embora tivesse que gastar a forragem, pelo menos estaria livre de sobressaltos.

Durante o inverno, correu o rumor de que a proprietária estaria vendendo a terra e o guarda da estrada teria intenção de comprá-la. Ao ouvir a notícia, os camponeses se alarmaram. Pensaram: "Agora a terra cairá nas mãos do guarda, ele vai nos torturar com multas piores que as da senhora. Não temos como viver sem essa terra, estamos todos atrelados a ela!". Foram os camponeses todos juntos, então, pedir à senhora que não a vendesse ao guarda, mas sim a eles. Prometeram que pagariam mais por ela, e a senhora concordou. Os camponeses começaram a se reunir, para combinar como fariam para comprar a terra. Reuniram-se uma, duas vezes, mas o negócio não deu certo. O diabo semeava discórdia entre eles, não os deixava chegar a um acordo. Decidiram então comprá-la em separado, conforme as posses de cada um. Também aqui a senhora concordou. Pahóm ouviu que o vizinho comprara vinte *dessiátinas* da proprietária, e que ela tinha parcelado a metade do valor por vários anos.

Tomado pela inveja, ele pensou: "Vão comprar toda a terra, eu ficarei sem nada". E foi aconselhar-se com a mulher.

"As pessoas estão comprando", ele disse, "também devíamos comprar umas dez *dessiátinas*. Não dá para viver assim, o feitor acabou comigo com essas multas."

Ficaram pensando em como fazer para comprar. Tinham cem rublos guardados, venderam um potro e metade das abelhas, puseram o filho para trabalhar, emprestaram de um parente, e assim amealharam metade do valor.

Pahóm juntou o dinheiro, escolheu a terra, quinze *dessiátinas* com um pequeno bosque, e lá foi barganhar com a proprietária. Negociou as quinze *dessiátinas*, fechou o acordo, deu um sinal. Foram à cidade, assinaram a escritura, Pahóm deu a metade do valor, prometeu pagar o restante em dois anos.

Assim Pahóm adquiriu a terra. Emprestou sementes, semeou a terra comprada, teve uma boa safra. Em um ano conseguiu pagar as dívidas com a senhora e com o parente. Foi desse modo que Pahóm se tornou um proprietário: arava sua terra, semeava, na sua terra cortava o feno, fazia as estacas, e na sua terra alimentava o gado. Enchia-se de alegria quando saía para arar a terra, agora sua para sempre, e admirava as searas e os pastos. Sentia como se até a grama e as flores nela fossem diferentes. Havia momentos, quando antes passava pela propriedade, em que aquela terra era como qualquer outra, mas agora ela se tornara especial.

III

Pahóm passou a viver uma vida feliz. Tudo estaria bem, não fossem os camponeses que começaram a destruir as searas e os pastos. Apelou para sua honra, mas eles não davam trégua: ora os pastores deixavam as vacas correrem no seu pasto, ora os cavalos fugiam do estábulo para o campo semeado. Pahóm os afugentava, perdoava sem recorrer à justiça, contudo depois de algum tempo perdeu a paciência e começou a apresentar reclamações na administração do *vólost*[3]. Mesmo sabendo que os camponeses não faziam por mal, mas por falta de terra, pensava: "Não posso deixar passar, senão destruirão tudo. Preciso ensinar uma lição a eles".

Ele ensinou uma, duas vezes, apelou para o tribunal, multou um e outro. Os camponeses vizinhos passaram a sentir rancor. Vez ou outra faziam estragos de propósito. Um deles entrou no bosque à noite, cortou uma dezena de tiliazinhas para arrancar-lhes a casca. Passando pelo bosque, Pahóm percebeu que ele vinha ficando mais ralo. Chegou perto, olhou, viu alguns troncozinhos caídos no chão, só os tocos apontando acima deles. O celerado podia pelo menos ter cortado pelas beiradas, deixado uma arvorezinha, mas não, cortou todas, uma por uma. Pahóm ficou uma fera: "Ah, é!?", pensou. "Vou tratar de descobrir quem foi. E vou me vingar." Pensou, pensou. Quem seria? "Não poderia ser ninguém além do Siomka."

---

3. *Vólost*: antigo distrito administrativo russo, abolido.

Foi então à cata de provas no quintal do Siomka, mas não encontrou nada, só brigaram. Pahóm ficou assim convencido da culpa do Siomka. Lavrou uma petição. Convocaram o Siomka para o julgamento. Julgaram, mas o camponês foi absolvido. Não havia provas. Pahóm ficou ainda mais furioso, brigou com o oficial, com os juízes.

"Vocês aqui protegem os ladrões", acusou. "Se vivessem, vocês mesmos, segundo a verdade, não absolveriam ladrões."

Pahóm brigou com os juízes e com os vizinhos, e passou a receber ameaças de incêndio. A vida na propriedade ficara mais espaçosa, mas no meio das pessoas, mais apertada.

Nessa época correu o rumor de que o povo estava se mudando para novos lugares. Pahóm raciocinou: "Eu mesmo não preciso me mudar, mas se alguns dos vizinhos fossem embora, sobraria muito mais terra para nós. Eu compraria a terra deles, juntaria com a minha, a vida ficaria melhor. Porque ainda está muito apertado".

Um desses dias, estando Pahóm em casa, veio um camponês de passagem. Pahóm e a mulher deixaram-no entrar, deram-lhe comida, ataram uma conversa. De onde veio? Para onde ia? O camponês respondeu que vinha do sul, do Volga; lá estivera trabalhando. Conversa vai, conversa vem, o camponês contou que o povo daqui estava se mudando para lá. Contou que os conterrâneos tinham ido morar ali, passando a fazer parte da comunidade e recebendo dez *dessiátinas* de terra por pessoa.

"E a terra é tão boa", disse, "que o centeio cresce à altura de um cavalo e tão densa que umas cinco ceifadas já fazem um feixe. Um homem completamente pobre", ele continuou, "chegou de mãos vazias. Agora já tem seis cavalos e duas vacas."

Pahóm sentiu o peito arder de cobiça. "Por que hei de viver aqui na estreiteza", pensou, "já que é possível viver bem? Vou vender a terra e a propriedade aqui; com esse dinheiro poderei construir e abrir um negócio lá. É um pecado continuar aqui nessa pobreza. Só tenho que ir verificar tudo pessoalmente."

Chegado o verão, aprontou-se e partiu. Navegou Volga abaixo até Samara, depois caminhou umas quatrocentas verstas[4]. Chegando ao lugar, tudo estava conforme o homem dissera. Os camponeses viviam com espaço, cada um recebera dez *dessiátinas* de terra, os recém-chegados eram aceitos de bom grado. E quem tivesse dinheiro poderia comprar terra à vontade, que fosse sua para sempre além da que fora cedida, por três rublos a *dessiátina*. "Compra quanto quiseres!"

Informado sobre tudo o que queria, Pahóm voltou para casa no início do outono e começou a vender seus pertences. Vendeu a terra com lucro, vendeu a casa e todo o gado e deixou a comunidade; tendo esperado a chegada da primavera, partiu com a família para os novos campos.

---

4. Versta: antiga unidade de medida de comprimento russa, equivalente a 1,067 quilômetro.

IV

Chegando ao novo lugar com a família, Pahóm pediu admissão à comunidade da aldeia grande. Distribuiu bebida para os anciãos, arranjou todos os papéis. Foi aceito, recebendo cinco porções de terra, para si e para seus filhos, cinquenta *dessiátinas* em campos separados, além do pasto comunitário. Ele construiu e comprou gado. Tornou-se dono do triplo de terra que tivera antes. E que terra rica! A vida ficou dez vezes melhor que aquela antiga. Não lhe faltavam nem a terra arável nem a forragem. E podia criar todo o gado que quisesse.

No início, enquanto construía e se acomodava, tudo parecia bem para Pahóm. Terminada a obra, contudo, ali também começou a se sentir apertado. No primeiro ano em que semeou o trigo em sua parte da terra comunitária, teve uma boa colheita. Queria continuar semeando trigo, mas não tinha terra bastante para isso, e a que usara não prestava mais, pois naquelas paragens o trigo era semeado somente sobre o solo virgem, ou o solo era deixado em repouso por uma ou duas safras, até que novamente ficasse coberto de pradaria. Essa terra era desejada por muitos e, portanto, era insuficiente para todos. Havia brigas por causa dela. Os mais ricos queriam semear sozinhos, e os pobres entregavam sua terra aos comerciantes em troca de dinheiro para conseguir pagar os impostos. Pahóm queria semear mais trigo. Foi ter com um comerciante no ano seguinte, arrendou terra por um ano. Semeou mais que antes, a colheita foi boa. Porém, a terra ficava longe da aldeia, umas quinze verstas para transportar. Percebera que outros camponeses da vizinhança viviam em sítios e que enriqueciam. "Ora", pensou, "eu bem que podia ter uma terrinha que fosse minha para sempre, onde desse para construir um sítio. Tudo ficaria melhor." Pahóm quedou-se ali matutando sobre como faria para comprar terras para toda a eternidade.

Assim ele viveu durante três anos. Arrendava a terra, semeava o trigo. Os anos corriam bons, o trigo crescia trazendo riqueza, foi possível guardar dinheiro. A vida podia muito bem continuar desse jeito, mas Pahóm sentia-se enfadado por ter que arrendar todo ano a terra dos outros, e ainda ter de se inquietar por causa daquela terra, pois, onde quer que surgisse um terreno bom, os camponeses corriam e tomavam tudo. Se não tinha tempo de fazer o negócio, logo ficava sem ter onde plantar. No terceiro ano, ele adquiriu um pasto, meio a meio com um comerciante. Nem bem terminaram de arar, os camponeses começaram uma briga, e a terra e o trabalho se perderam. "Tivesse uma terra só minha", pensou, "não precisaria lamber as botas de ninguém, e não teria tantos problemas."

Então, Pahóm começou a sondar onde poderia comprar uma terra que fosse sua para sempre. E foi assim que ele encontrou um camponês que adquirira umas quinhentas *dessiátinas*; como seus negócios tinham fracassado, o camponês estava vendendo por preço baixo. Iniciou-se então a negociação, e os dois acabaram concordando que com o valor de mil e quinhentos rublos, sendo a primeira metade paga no ato e o restante mais para a frente. Estavam praticamente combinados, quando um comerciante de passagem veio ter com Pahóm em sua casa. Sentaram-se, tomaram chá e ataram uma conversa. O comerciante contou que vinha das terras longínquas dos bashkires[5]. Lá estes tinham lhe vendido umas cinco

---

5. Bashkires: povo iraniano que habita a Rússia, em uma região ao sul dos Urais.

mil *dessiátinas* por apenas mil rublos. Pahóm ficou curioso, e o comerciante contou:

"Basta agradar aos anciãos", disse. "Presenteei--os com cerca de cem rublos em roupas, tapetes e mais um *tsíbik*[6] de chá. E ainda mandei servir vinho a quem quisesse. Então paguei só vinte copeques[7] por *dessiátina*." Mostrou a escritura. "As terras ficam às margens do rio, e a estepe é toda virgem", concluiu.

Pahóm voltou a inquiri-lo, para saber dos detalhes.

"A terra é tanta", disse o comerciante, "que um ano não é suficiente para percorrê-la. Toda ela é dos bashkires. Inocentes feito cordeiros. Dá para conseguir terra quase de graça."

"Bem, pensou Pahóm, "por que eu haveria de comprar quinhentas *dessiátinas* com meus mil ru-

---

6. *Tsíbik*: caixa de madeira com chá com aproximadamente 32 quilos de peso.

7. Copeque: centésima parte de um rublo.

blos e ainda por cima assumir uma dívida que pesará como uma lâmina em minha garganta? Na terra dos bashkires consigo muito mais com mil rublos!"

V

Pahóm informou-se sobre como chegar lá e, mal se despediu do comerciante, juntou as coisas para empreender a viagem. Deixou a mulher a cuidar da casa, foi sozinho com um criado. Passaram pela cidade, compraram um *tsíbik* de chá, presentes, vinho, tudo como o comerciante contara. Viajaram muito; tendo percorrido já quinhentas verstas, no sétimo dia de viagem chegaram ao acampamento dos bashkires. Era tudo como o comerciante dissera. Viviam todos na estepe, ao longo do rio, em carroças cobertas de feltro. Eles mesmos não aravam a terra, nem comiam pão. Na estepe, o rebanho e os cavalos pastavam. Os potros eram amarrados atrás das carroças, e as éguas lhes eram trazidas duas vezes ao dia para que mamassem. Eram também ordenhadas, e do leite se fazia o *kumiss*[8]. Com ele as mulheres preparavam o queijo, depois de bater bem e deixar fermentar. Os homens só faziam beber *kumiss*, chá, comer carneiro e tocar sua flauta. Eram todos rechonchudos, alegres, passavam o verão festejando a vida. Povo bem ignorante, nem russo sabiam, porém eram carinhosos.

Nem bem avistaram Pahóm, logo saíram de suas carroças, formando um círculo em torno do visitante. Encontraram um tradutor. Pahóm disse que viera por causa da terra. Os bashkires se alegraram e o conduziram até uma carroça ampla, onde o sentaram sobre tapetes e colocaram almofadas

---

8. *Kumiss*: leite de égua fermentado.

de penas atrás de suas costas. Eles se sentaram em círculo, ofereceram chá e *kumiss*. Mataram um carneiro e se refestelaram com a refeição. Pahóm então pegou os presentes no *tarantás*[9] e os distribuiu. Presenteou os bashkires e também dividiu o chá que trouxera consigo. Os bashkires ficaram contentes. Discutiram bastante entre si, depois ordenaram ao tradutor que falasse.

"Eles mandam dizer", explicou o tradutor, "que gostaram de você e que aqui temos o seguinte costume: o de fazer as vontades do convidado e retribuir as dádivas. Você nos encheu de presentes. Agora diga: dos nossos pertences, o que mais lhe agrada, para que possamos presenteá-lo?"

"De todas as suas posses", respondeu Pahóm, "é da terra que mais gosto. Onde moro", contou, "é

---

9. *Tarantás*: veículo sobre rodas para quatro passageiros, puxado por cavalo, bastante usado na Rússia na primeira metade do século XIX.

apertado, a terra está toda arada, enquanto vocês têm muita terra, e de boa qualidade. Nunca vi igual."

O tradutor transpôs a fala de Pahóm ao idioma bashkir. Os bashkires passaram a debater por algum tempo. Pahóm não entendia nada do que diziam, só via que estavam alegres, gritavam e riam. Depois se aquietaram, olharam para Pahóm, e o tradutor falou:

"Eles mandam dizer que ficarão felizes de ceder quanta terra você quiser, em agradecimento a sua bondade. É só apontar, e ela será sua."

Os bashkires voltaram à conversar entre si e começaram a discutir por algum motivo. Pahóm quis saber a razão da discussão, e o tradutor esclareceu:

"Alguns estão dizendo que precisam consultar o ancião sobre a terra, que não é possível decidir sem ele. Outros dizem que não é necessário consultá-lo."

UI

Enquanto discutiam, aproximou-se um homem vestindo um barrete de pele de raposa. Todos se calaram e se levantaram. O tradutor avisou:

"Esse é o ancião."

Imediatamente Pahóm escolheu a melhor vestimenta entre os presentes e ofereceu ao ancião junto com umas cinco libras de chá. O ancião aceitou o presente e acomodou-se no assento principal. Os bashkires contaram-lhe o ocorrido. O ancião escutou atento, depois acenou com a cabeça para que se calassem e começou a falar com Pahóm em russo.

"Sim, é possível. Pegue a terra que lhe agradar. Temos muita."

"Como posso pegar quanto quiser?", pensou Pahóm. "É preciso oficializar de alguma forma. Caso contrário, dirão que é minha agora mas depois poderão tomá-la."

"Agradeço pelas palavras amáveis", disse Pahóm. "Vocês, afinal, têm muita terra, enquanto eu necessito de pouca. Só que tenho de saber qual será a minha terra. Devemos medir de alguma forma e registrar. A vida só a Deus pertence. Vocês são bondosos, estão dando. Mas, se a necessidade obrigar, seus filhos a tomarão de mim."

"Você tem razão", concordou o ancião, "podemos registrar."

Pahóm então tornou a falar:

"Ouvi dizer que receberam a visita de um comerciante, também o presentearam com terras e lavraram uma escritura. Eu também gostaria de ter uma."

O ancião entendeu tudo.

"Isso tudo é possível", afirmou. "Temos um escrivão; vamos até a cidade, onde colocaremos todos os carimbos."

"E qual será o preço?", perguntou Pahóm.

"Temos somente um preço: mil rublos por dia."

Pahóm não entendeu.

"Que espécie de medida é essa – um dia? Quantas *dessiátinas* cabem em um dia?"

"Nós, bem...", respondeu o ancião, "isso não sabemos contar", esclareceu. "Vendemos por dia. O que você conseguir percorrer num dia será seu, ao preço de mil rublos."

Pahóm estranhou.

"Mas o que eu percorrer em um dia resultará em muita terra!"

O ancião riu.

"E será toda sua!", acrescentou. "Com uma única condição: se não voltar no mesmo dia para o lugar de onde partiu, perderá todo o dinheiro."

"Ora, e como poderei marcar por onde passei?", perguntou Pahóm.

"Vamos nos colocar no lugar de que você gostar, e ali permaneceremos, enquanto você anda e faz um círculo. Leve junto uma pá, faça marcas onde for necessário, cave buracos nos cantos, finque alguns gravetos. Nós iremos depois, de buraco em buraco, com um arado, para marcar os limites. Faça um círculo do tamanho que quiser, só que até o pôr do sol você deverá estar de volta no lugar de onde partiu. O espaço que tiver percorrido será todo seu."

Isso alegrou Pahóm. Decidiram que partiriam pela manhã, bem cedo. Conversaram, beberam mais *kumiss*, comeram carneiro e ainda beberam mais chá. Chegou a noite. Pahóm recebeu um colchão de penas para dormir, enquanto os bashkires se dispersavam. Combinaram que se encontrariam assim que chegasse a madrugada, partiriam antes que o sol se levantasse.

VII

Deitado sobre o colchão de penas, Pahóm tinha dificuldade para conciliar o sono, só pensava na terra. "Vou conseguir um terreno imenso. Sei que posso percorrer em torno de cinquenta verstas por dia. O dia agora é longo como um ano, e quanta terra cabe nas cinquenta verstas! A que for piorzinha venderei ou arrendarei, e a terra de qualidade vou deixar para mim. Atrelo dois bois para trabalharem nos arados, contrato dois homens para me

LEV TOLSTÓI

ajudarem, assim aramos umas cinquenta *dessiátinas*, e na outra parte solto o gado para pastar."

Pahóm não dormiu a noite toda. Só pouco antes da madrugada caiu num sono leve. Mal fechou os olhos e teve um sonho. Viu-se no sonho naquela mesma carroça, deitado, escutando alguém gargalhando lá fora. Levantou-se, queria ver quem estava rindo; saiu da carroça e viu aquele mesmo ancião dos bashkires sentado diante dele, rindo até não poder mais, segurando a barriga com as mãos. Pahóm se aproximou e perguntou: "De que você está rindo?". Nesse momento percebeu que não era mais o ancião dos bashkires que ria, mas o comerciante, aquele que o visitara e falara sobre a terra. Bastou perguntar "Faz tempo que você está aqui?", e o comerciante se transformou no camponês que viera do rio Volga. Em seguida, o camponês já não era ele mesmo, e sim o diabo, com chifres e cascos, sentado diante de Pahóm, rindo às gargalhadas, e à sua frente havia um homem descalço, vestindo calça e camisa. Pahóm aproximou-se para observar melhor

DE QUANTA TERRA PRECISA UM HOMEM

– que homem é este? Então percebeu que o homem estava morto e que o morto era ele mesmo! Sentiu o terror invadi-lo e acordou.

Acordou, pois. "Cada sonho que me aparece!", pensou. Olhou ao redor e viu pela porta aberta que estava clareando. Amanhecia. "Preciso acordar o povo, está na hora de partirmos", concluiu. Pahóm levantou-se, acordou o criado, que dormia no *tarantás*, mandou atrelar os cavalos e foi pessoalmente acordar os bashkires.

"Está na hora de partirmos para a estepe", avisou, "para fazer as medições."

Os bashkires se levantaram todos e se prepararam, até o ancião veio. Começaram outra vez a beber *kumiss*, queriam servir chá a Pahóm, mas ele preferiu não ficar esperando.

"Já que vamos partir, então vamos", disse, "está na hora."

VIII

Os bashkires se aprontaram e partiram, alguns montados, outros nas carroças. Pahóm e o criado foram em seu próprio *tarantás*, levando consigo a pá. Chegaram à estepe já pelo meio do amanhecer. Subiram um outeiro – *shikhan* em bashkir –, desceram das carroças, apearam dos cavalos e se juntaram em um pequeno grupo. O ancião se aproximou de Pahóm e indicou com o braço:

"Eis a terra", disse, "toda nossa, até onde a vista alcança. Escolha qualquer uma."

Os olhos de Pahóm faiscaram de cobiça, a terra era toda coberta por suculenta pradaria, plana como a palma da mão, negra como o ônix, nas ravinas uma profusão de vegetação multicolorida, tão alta que chegava ao peito de uma pessoa.

O ancião tirou o barrete e depositou sobre a terra.

"Veja", observou, "esta será a marca. Comece a andar daqui, e no final do dia esteja aqui novamente. O que tiver percorrido será seu."

Pahóm pegou o dinheiro, depositou-o dentro do barrete; tirou o *caftan*[10], ficou somente com o casaco leve, apertou o cinto mais firmemente sob a barriga; levou a sacola com o pão, amarrou o cantil com água ao cinto, puxou os canos das botas, tomou a pá do criado – estava pronto para partir. Pensou bastante sobre em que direção avançar,

---

10. *Caftan*: espécie de túnica comprida ornada nas mangas e na bainha.

todas lhe pareciam boas. Ponderou: "Dá no mesmo, vou para o lado em que o sol nasce". Parou com o rosto voltado para o sol, alongou-se e ficou à espera de que surgissem os primeiros raios no horizonte. Então considerou: "Não vou perder tempo. Além disso, é mais fácil caminhar enquanto está fresco". Assim que o sol nasceu, Pahóm jogou a pá sobre o ombro e pôs-se a caminho, estepe adentro.

Não caminhava devagar, nem depressa. Passada a primeira versta, parou, cavou um buraco, fincou alguns gravetos para que a marca ficasse visível. Continuou a caminhada. Espreguiçou-se, apertou o passo. Um pouco à frente, cavou novo buraco.

Olhou para trás. Agora o sol iluminava bem o *shikhan*, os homens ali parados, as rodas das carroças brilhando. Pahóm calculou que devia ter feito perto de cinco verstas. Começou a esquentar, ele tirou o casaco e pendurou no ombro, prosseguindo a caminhada. Mais cinco verstas, ficou com calor. Olhou para o sol e concluiu que estava na hora de tomar o café da manhã.

DE QUANTA TERRA PRECISA UM HOMEM

"Uma distância já está feita", pensou. "Posso fazer quatro dessas em um dia, mas agora ainda é cedo para voltar. Só preciso tirar as botas." Sentou-se, tirou as botas, pendurou pelos canos no cinto. Ficou mais fácil para andar. Pensou: "Vou andar mais umas cinco verstas, então virarei para a esquerda. Afinal, o lugar é muito bom, dá pena de deixar passar. Quanto mais longe, melhor". Continuou andando para a frente. Lá atrás, o *shikhan* já mal se via, as pessoas nele pareciam formiguinhas, e mais alguma coisa lá brilhava.

"Bem", pensou Pahóm, "andei bastante para este lado, preciso virar para a esquerda. Além disso, estou suado e com sede." Parou, cavou um buraco maior, fincou uns gravetos. Buscou o cantil, bebeu e então virou para a esquerda. Andou, andou, a grama era alta, ficou ainda mais quente.

Começou a sentir-se cansado, olhou para o sol e percebeu que já era hora do almoço. "Hora de descansar." Parou e sentou-se. Comeu um bocadinho de pão com água, porém decidiu não se deitar: "Se eu deitar, durmo", pensou. Ficou assim um pouco, logo prosseguiu a caminhada. De início andou com facilidade. O almoço lhe aumentara as forças. Mas estava com muito calor, além de sentir a sonolência tomar conta de seu corpo. Prosseguiu, no entanto, considerando que teria uma hora a aguentar e depois a vida toda a viver.

Caminhou também bastante para esse lado, e já estava pronto para virar outra vez para a esquerda quando avistou uma várzea, ficou com pena de não incluir. Pensou: "O linho crescerá bem aqui". Então andou mais para a frente. Contornou a várzea, cavou um buraco do outro lado, dobrou no segundo canto. Virou-se para observar o *shikhan*, nublado devido ao calor; alguma coisa tremulava no ar, e mal dava para ver as pessoas no alto do *shikhan* por causa da neblina – a umas quinze verstas de distância. "Parece que andei longas arestas", Pahóm pensou, "terei que encurtar essa." Andou ao longo da terceira aresta, apertou o passo. Olhou para o sol, que se inclinava já para a tarde, embora ele tivesse caminhado somente um par de verstas. Até o lugar de partida teria ainda umas quinze para transpor. "Mesmo que a propriedade fique torta", pensou, "terei que cortar a distância em linha reta. Vou procurar não andar além do necessário. Já tenho o bastante em terras." Pahóm então cavou rapidamente um buraco e voltou direto para o *shikhan*.

IX

Pahóm dirigia-se para o *shikhan* com bastante dificuldade. Suado, os pés descalços machucados e com cortes, as pernas fraquejavam. Queria descansar, mas não podia, não daria tempo de voltar até o pôr do sol, que não esperava, estava cada vez mais baixo. "Ai", pensou, "será que não me enganei? Tomara que não tenha demarcado terras demais! E se não conseguir chegar a tempo?" Olhava para o *shikhan*, depois para o sol. Ainda restava um longo caminho, mas o sol já estava próximo do horizonte.

Assim andava Pahóm, com dificuldade. Tentava, porém, sempre apertar o passo. Andou mais e mais, e ainda estava longe, então tentou correr. Livrou-se do casaco, das botas, do cantil e do barrete, só a pá permanecia em suas mãos, servindo de apoio. "Que vergonha", pensou, "perdi tudo, não conseguirei chegar antes do pôr do sol." Então sentiu-se ainda pior, com medo, com falta de ar. Ele corria, o suor colara a camisa e as calças ao corpo, a boca estava seca. O peito arfava como um fole, o coração martelava, as pernas falhavam, nem pareciam pertencer-lhe. O pavor tomou conta de Pahóm: "Espero não morrer de tanto esforço", ele pensava.

Tinha medo de morrer, mas não podia parar. "Depois de tudo o que transpus", pensou, "se parar agora, serei chamado de tolo." Correu, correu, e já bem perto ouviu os bashkires uivando, berrando para ele. Por causa dos berros, seu coração passou a bater ainda mais forte.

Corria com as forças que lhe restavam; o sol, já quase se pondo, escondia-se na névoa: enorme, vermelho, sangrento. Já, já estaria descendo atrás da linha do horizonte, parecendo tão próximo, e o lugar de chegada também já não estava longe. Pahóm olhou para as pessoas sobre o *shikhan*, elas acenavam, como para apressá-lo. Viu o barrete no chão, viu o dinheiro sobre o barrete. Viu também o ancião sentado no chão, segurando a barriga. De repente Pahóm lembrou-se de seu sonho. "A terra é muita", pensou, "mas permitirá Deus que eu viva nela? Perdi tudo, não vou conseguir chegar."

Olhou para o sol, que já tocara a terra, uma pontinha começando a desaparecer, o outro lado côncavo. Num último esforço, Pahóm inclinou o corpo para a frente, forçando as pernas a continuar em movimento, para não cair. No momento em que se aproximou do *shikhan*, tudo escureceu. Pahóm olhou para trás, já era noite. Exclamou: "Tudo em vão!". Até quis parar, porém ouviu os gritos de incentivo dos bashkires, e lembrou-se de que lhe parecia a ele, lá embaixo, que o sol se pusera, mas onde eles estavam o sol ainda estaria visível. Fez

DE QUANTA TERRA PRECISA UM HOMEM

um esforço e subiu o *shikhan*. Lá em cima ainda estava claro. Subiu correndo e viu o barrete. Diante do barrete estava o ancião, sentado, gargalhando, segurando a barriga. Pahóm lembrou-se do sonho: arfou, gemeu, as pernas se dobraram, e ele caiu de bruços, o barrete agarrado nas mãos.

"Parabéns!", gritou o ancião. "Conseguiu muita terra!"

O criado de Pahóm veio correndo, querendo levantá-lo; este, porém, permanecia caído, e de sua boca corria um filetezinho de sangue. Estava morto.

Os bashkires estalaram a língua em sinal de pesar.

O criado de Pahóm pegou a pá, cavou uma cova do tamanho exato para que Pahóm coubesse nela da cabeça aos pés – sete palmos. E o enterrou.

POSFÁCIO

O SÉCULO XXI PRECISA DE TOLSTÓI?

1886. Aos 58 anos de idade, Lev Nikoláievitch Tolstói escreve peças de teatro, contos, uma novela. De 4 a 9 de abril, vai a pé [200 quilômetros] de Moscou a Iásnaia Poliana [propriedade rural herdada da família]. Em junho, trabalha na ceifa, no campo. Recebe em Iásnaia Poliana o estadunidense George Kennan[1]. [Da biografia de Lev

---

1. George Kennan (1845-1924), escritor, jornalista e viajante, autor de livros sobre a Sibéria e as prisões do Império russo.

Tolstói disponível no site do museu dedicado ao escritor http://tolstoy.ru/life/biography/.]

1886 é o ano da primeira publicação do conto *De quanta terra precisa um homem*. O texto saiu no periódico *Russkoe Bogotstvo*, "revista do comércio, da indústria, da agricultura e das ciências naturais", como se anunciava na época e, quase simultaneamente, no livro *Três contos maravilhosos de Lev Tolstói*. A crise espiritual que teve início em 1877 levou o escritor a aprofundar-se ainda mais nos temas da purificação da alma, da humildade, do amor cristão, do conhecimento de si próprio e do aperfeiçoamento moral. Em termos de narrativa, reforçava-se a busca pela simplicidade, numa linguagem clara, com visível mensagem edificante.

De quanta terra precisa um homem começa pelo esboço de dois conflitos recorrentes nas obras tolstoianas: campo *x* cidade, homem *x* mulher. A visão negativa da cidade como local de depravação, desumanização, perdição e pecado está presente já na primeira grande novela do autor, *Felicidade conjugal*, lançada em 1859. A jovem Macha casa-se com o vizinho da família e amigo de seu pai Sierguiéi Mikháilitch. Ainda na transição da infância para a idade adulta, ela se inebria com o amor e, durante os dois primeiros meses de casada, nem sente o tempo passar. Na propriedade rural da família, vivia apenas para o marido, que considerava o melhor homem do mundo. Mas, no inverno, a jovem esposa entedia-se com a vida monótona e solitária, e o casal, depois de várias brigas, resolve passar uma temporada em São Petersburgo. É na cidade, no ambiente urbano, que afloram em Macha a luxúria, o excessivo amor-próprio, a leviandade. O mundo dos bailes e dos prazeres arrebata a jovem e faz desaparecer a simplicidade e a inocência da menina do interior.

Passados 26 anos, essa oposição reaparece no primeiro capítulo de *De quanta terra precisa um homem*, personificada nas duas irmãs. A mais velha, casada com um comerciante, vive na cidade e se vangloria disso. Para ela, o ambiente urbano significa espaço, limpeza, saciedade, lazer (passeios, festas, teatros). Despeitada, a irmã mais nova, casada com um trabalhador do campo, aceita a insinuação de que a vida no interior é mais tediosa, mas afirma ser melhor assim, pois eles não conhecem o medo, não correm o risco de viver os altos e baixos do enriquecimento fácil e da ruína inesperada e sempre têm o que comer. E, além disso, não estão expostos às várias tentações da cidade, como a jogatina, a bebedeira, o mulherio.

Embora ambas estejam trocando ataques levadas pela vaidade, os argumentos a favor e contra a vida urbana reproduzem a realidade da época na fala dos defensores da cidade e na argumentação de Tolstói contra a depravação dos grandes centros urbanos.

Quando, na vida real, a família do autor planejava sair de Iásnaia Poliana, no interior, para viver em Moscou, a fim de cuidar da educação dos filhos, colocando-os em estabelecimentos de ensino e apresentando-os à sociedade, Tolstói teve medo dessa mudança e se sentiu apreensivo. O cronista Pável Bassínski toca nesse tema em seu abrangente *Tolstói: a fuga do paraíso*:

Tolstói não gostava de Moscou.

Na novela *Infância* encontramos os primeiros sinais desse desamor. Durante sua visita a Moscou, Nikólenka Irtiêniev ficou surpreso e decepcionado com os moscovitas. "Eu não conseguia entender por que ninguém reparava em nós, não tiravam o chapéu quando passávamos, e alguns nos olhavam com malevolência." Essa foi a visão de uma criança, mas não nos esqueçamos de que, chegada a hora de mudar para Moscou, Tolstói começou a se fazer "perguntas infantis, tolas e elementares".

A cidade grande causava nele uma antipatia estética e moral. É difícil entender qual delas prevalecia. Seu senso estético indignava-se, por exemplo, quando via no meio da rua um policial com uma grande pistola. Isso lhe parecia tão absurdo quanto o lacaio de elmo que acompanhava sua futura mulher, ainda menina, no Kremlin.[2]

Em geral, a oposição cidade x campo faz par com a oposição comerciante x camponês. O comerciante como expressão da ganância, da cupidez, da avareza, da falsidade; o camponês como expressão da simplicidade, da generosidade, da verdade. Conscientemente, Tolstói sempre buscou estar mais próximo do mujique, do trabalhador do campo, tanto nas ideias, na disposição do espírito, quanto no comportamento, nos trajes, nas atividades diárias. Os biógrafos recolheram depoimentos que contam que ele ia a pé para a igreja (enquanto a família usava o trenó), sentava na soleira com os mujiques e conversava com eles sobre assuntos diversos. E, mesmo em Moscou, segundo Bassínski, ele "con-

---

2. Tradução de Klara Guriánova. São Paulo: Leya, 2013. p. 225. (Nas citações, foi respeitada a grafia dos nomes russos adotada pelos tradutores ou autores, mesmo quando há divergências.)

feccionava botas, enquanto a mulher e a filha iam aos bailes". Era ardente, nessa época, seu desejo de fazer parte do povo, de integrar-se à vida dos mujiques, de misturar-se com os peregrinos e deixar de ser um conde, de ter a mais simples vida cotidiana. Esse desejo só aumentou com o tempo. Em seus últimos dez dias de vida, após a fuga de Iásnaia Poliana e durante a peregrinação desnorteada em busca de um lugar tranquilo, onde as pessoas não o reconhecessem, Tolstói rapidamente travava amizade com pessoas simples nos trens, nas estações, nos vilarejos. Bassínski registra que o escritor "conversou com um mujique de 50 anos sobre a família dele, economia doméstica, fretes, quebra de tijolos, tráfico de vodca, disputas das áreas de bosque com o senhor de terras B., castigos corporais infligidos a trabalhadores do campo".

Mas, se para Tolstói a vida do campo é modelo de perfeição, por que Pahóm, o mujique do conto, é um poço de pecados? Por que ele se corrompe mesmo sem ter ido à cidade? *De quanta terra precisa um homem* é um típico conto popular edificante. Os personagens e o enredo estão a serviço da moral, a mensagem principal do texto. O objetivo é mostrar que as pessoas devem contentar-se com pouco, não acumular riquezas, viver de maneira simples e despojada. Tolstói colocava para si próprio esse objetivo. Para ele, a felicidade de todos, e mesmo da família, devia basear-se no amor e na simplicidade. Por isso sua insistência em doar todas as propriedades, abrir mão dos direitos autorais de suas obras e, literalmente, livrar-se da contradição de ter, na prática, uma vida incompatível com seus ideais.

Na década de 1880, quando este conto é escrito e publicado, Tolstói já desenvolvia muitas das concepções literárias expressas posteriormente no polêmico *O que é arte* (1898). Contra a arte erudita, contra os gastos do governo com subsídios a academias, conservatórios e teatros, o escritor pregava a valorização da arte popular voltada para o bem comum. Para ele,

DE QUANTA TERRA PRECISA UM HOMEM

Todo balé, circo, ópera, opereta, exposição, pintura, concerto, impressão de um livro requer o esforço intenso de milhares e milhares de pessoas, que trabalham obrigados em tarefas que muitas vezes são prejudiciais e humilhantes.

Não haveria problema se os próprios artistas fizessem todo o trabalho, mas não, eles precisam da ajuda de trabalhadores, não apenas para produzir arte, como também para manter sua existência – quase sempre luxuosa –, e conseguem isso de uma maneira ou de outra, sob a forma de remuneração recebida de pessoas ricas ou de subsídios governamentais – que em nosso país, por exemplo, lhes são dados em milhões, para teatros, conservatórios, academia. E esse dinheiro é coletado do povo, cuja vaca tem de ser vendida para esse fim e que nunca se beneficia dos prazeres estéticos que a arte proporciona.[3]

Contra essa indústria, movida em grande parte por um conceito abstrato de beleza, Tolstói defende

---

3. Tradução de Bete Torii. Rio de Janeiro: Ediouro, 2002. p. 29.

a "boa arte", cujos exemplos são "uma história anônima sobre uma galinha, o canto das camponesas de sua propriedade, acompanhado pelas batidas dos alfanjes, as mais sentimentais pinturas de gênero [...]". Portanto, Pahóm é um personagem que deve servir de exemplo a seus semelhantes. Que todos os trabalhadores do campo e, por extensão, todas as pessoas evitem os pecados cometidos por aquele que, por ganância, acabou debaixo de sete palmos de terra! E essa concepção moralizante da literatura, longe de ser um pensamento das últimas décadas da vida de Tolstói, revela-se em textos muito anteriores, como, por exemplo, seus primeiros diários. São desse tipo as afirmações de 19 e 20 de dezembro de 1853.

> Ao ler o prefácio filosófico de Karamzin à revista *Útrennyi Svet*, que ele editava em 1777 e onde ele afirma que o objetivo da revista é a filosofia, o desenvolvimento da inteligência humana, da vontade e do sentimento, dirigidos à virtude, eu fiquei admirado de como pudemos nós perder

a noção do único objetivo da literatura – moral – até um grau tal que, se falarmos da necessidade de moral na literatura, ninguém entenderá. Em verdade, não estaria mal, como nas fábulas, escrever uma moral para cada obra literária, isto é, seu objetivo.[4]

"Como nas fábulas", Pahóm é um instrumento literário para pregação dos preceitos tolstoianos, que granjearam adeptos no mundo todo e desembocaram no tolstoísmo ou *tolstovstvo*, como se diz em russo. Tolstói negava-se o título de líder ou mestre espiritual, mas, com o tempo, mais e mais seguidores liam seus ensaios no mundo todo e cada vez mais "fiéis" faziam peregrinação a Iásnaia Poliana. Aliás, a popularidade de Tolstói em outros campos, além da literatura, conferiu singularidade a

---

4. Citado por Natalia Cristina Quintero Erasso em "Os diários de juventude de Liev Tolstói: tradução e questões sobre o gênero de diário". Dissertação de mestrado. São Paulo: Faculdade de Filosofia, Letras e Ciências Humanas, Universidade de São Paulo, 2011. p. 137.

LEV TOLSTÓI

sua figura no grupo dos literatos do século XIX. Ao resenhar um livro sobre ele, Joseph Frank, estudioso da literatura russa e biógrafo de Fiódor Dostoiévski, comenta que Tolstói faz parte da chamada geração de 1840 apenas no calendário, pois "não há uma forma conveniente de classificá--lo",[5] sua figura extrapola limites e ganha tal independência que só é possível defini-lo a partir dele mesmo e de suas obras. Como aristocrata rico e escritor talentoso, Tolstói aproxima-se de vários colegas russos, como Ivan Turguêniev (1818-1883), por exemplo, mas sempre permanece longe de escolas e movimentos literários, não busca proteção nem apoio em nenhum grupo e exerce abertamente a sua excentricidade.

Um dos fios que tecem o caráter singular da obra de Tolstói é a dualidade. Parafraseando Boris

---

5. *Pelo prisma russo: ensaios sobre literatura e cultura.* Tradução de Paula Cox Rolim e Francisco Achcar. São Paulo: Edusp, 1992. p. 113.

Schnaiderman, que escrevia então sobre a novela *A sonata a Kreutzer* (1890), podemos dizer que, sendo um moralista feroz, implacável, Tolstói sabia como ninguém expressar as grandes fraquezas humanas em descrições perspicazes.[6] E fazia questão de apontar os fatores instigadores dessas fraquezas.

Em *De quanta terra precisa um homem*, é a esposa quem abre a porta ao diabo, ou seja, é a mulher que leva o homem à perdição e à morte, e assim se revela a oposição homem *x* mulher. Da vida anterior de Pahóm, temos apenas a imagem do interior da casa: a esposa conversando com a irmã mais velha, ele deitado sobre a laje do fogão. Enquanto

---

6. No posfácio a *A sonata a Kreutzer*, Boris Schnaiderman escreveu: "Creio que na base desta oscilação [entre o rigor moralista e a compreensão das fraquezas humanas] encontra-se uma dualidade tolstoiana sobre a qual já escrevi mais de uma vez. Ele era um moralista feroz, implacável, mas, ao mesmo tempo, sabia como ninguém expressar a atração do carnal, e as grandes fraquezas humanas tinham nele um observador genialmente perspicaz" (Tradução de Boris Schnaiderman. São Paulo: Editora 34, 2007. p. 116).

LEV TOLSTÓI

Pahóm escutava a tagarelice das mulheres, o diabo estava escondido atrás do fogão. E o diabo muito se alegrou com o fato de a mulher (e não Pahóm por iniciativa própria) ter levado o camponês a se vangloriar de que não temeria nem o diabo se tivesse muitas terras. Ou seja, dentro de casa estão dois inimigos: a mulher e o diabo. Há em Pahóm a semente da ganância que se manifesta plenamente diante das artimanhas do diabo e da porta aberta pela mulher. E a influência da mulher sobre Pahóm vai continuar, pois no futuro ela será sua conselheira nos negócios ("tomado pela inveja", ele "foi aconselhar-se com a mulher").

A partir daquela conversa inicial, acompanhamos a trajetória de Pahóm até a morte. Assim que o diabo decide arrebatá-lo para sua horda, tudo em sua vida se transforma. Ele consegue adquirir algumas *dessiátinas* de terra e torna-se proprietário. A descrição da nova vida parece coincidir com a imagem de um empreendedor contemporâneo bem-sucedido. Ele trabalhou, semeou, teve boa colheita e em um ano pagou a dívida com a antiga proprietária das terras. O início do terceiro capítulo anuncia o êxito: "Pahóm passou a viver uma vida feliz". Mas, no conto de Tolstói, a aparência de prosperidade é enganosa. Na posição de proprietário, ele começa a enfrentar as dificuldades da administração rural da perspectiva de quem é dono da terra. Não levou muito tempo para que sua filosofia de trabalhador fosse substituída pela filosofia de patrão. Se antes ele sofria com as inspeções do feitor e era obrigado a pagar multas apesar da parca renda, agora ele próprio acusava os camponeses de destruírem searas e pastos que lhe pertenciam e chegava a chamá-los de ladrões.

Assim, muito explicitamente, o personagem de Tolstói vai acumulando pecados. Ainda como trabalhador do campo, xingava seus familiares e batia neles e interessou-se por comprar terras "tomado pela inveja". Na vida de proprietário, começa por perder a paciência com os camponeses, "ficou uma fera" por causa de árvores de seu bosque cortadas por outros, planejou vingar-se, "ficou ainda mais furioso, brigou com o oficial, com os juízes", e, embora fosse proprietário de terras, ainda achava que vivia com pouco e queria mais. Nesse momento, o antigo trabalhador rural e agora proprietário, antes um homem de vida sedentária, deixa-se seduzir pela promessa de ganhos fáceis alardeada por um camponês de passagem por suas terras. A partir daí entra em cena o movimento cíclico das fábulas e histórias populares – Pahóm vai mudando de residência levado pelo desejo de conseguir cada vez mais terras. No primeiro movimento, firme em sua estrada de pecador, ele sente "o peito arder de cobiça", navega o rio "Volga abaixo até Samara" e depois caminha "umas quatrocentas verstas" para comprovar a veracidade das histórias do camponês. Ao descobrir que era tudo verdade, muda para lá e torna-se "dono do triplo de terra que tivera antes". No segundo movimento, é um comerciante que lhe conta sobre uma região onde a terra é boa e baratíssima. Entram em cena os bashkires, que entrelaçam os fios da ficção e da realidade, como é comum nas obras de Tolstói.

DE QUANTA TERRA PRECISA UM HOMEM

A fonte de inspiração para as "terras longínquas dos bashkires" foram as viagens do próprio escritor às estepes da região de Samara. Na década de 1870, o autor levava uma vida sedentária em Iásnaia Poliana, propriedade herdada da família e local de criação de obras como *Guerra e paz* e *Anna Kariênina*. Entretanto, marcaram essa década também as viagens a Samara, onde Tolstói buscava a cura do esgotamento físico pela ação benéfica do leite de égua. Pável Bassínski descreve assim o cotidiano do escritor em sua primeira viagem a essa região, em junho de 1871.

Tolstói saía para caçar constantemente (tinha caça aos montes!) e andava só de camisão, embriagado com o *kumýs* [leite de égua ou camelo]. As estepes lhe cheiram a Heródoto, que ele traduziu para si mesmo, por mais que Sófia Andrêievna [sua esposa] tentasse convencê-lo a largar essa "língua morta" que o acabaria matando. Jogava damas com os basquires e atraía os *kumýsniks* [pessoas que se tratavam com o *kumýs*] aos passeios a cavalo. Acompanhado de Bers [seu cunhado], fez uma viagem de noventa verstas à feira em Busuluk para admirar as manadas de cavalos dos Urais, siberianos e quirguizes. Arranjou uma propriedade que compraria no ano seguinte.[7]

Com a compra da propriedade em Samara, onde se sentia mais à vontade do que em Iásnaia Poliana, que se tornara palco de crescentes desavenças com a esposa, Tolstói mergulhou no clima das estepes e dos resquícios da vida nômade. O cenário do conto, na parte que reflete essas experiências da vida real, é de bem-aventurança e simplicidade:

> Viviam todos na estepe, ao longo do rio, em carroças cobertas de feltro. Eles mesmos não aravam a terra, nem comiam pão. Na estepe, o rebanho e os cavalos pastavam. Os potros eram amarrados atrás das carroças, e as éguas

---

7. *Op. cit.*, p. 202.

DE QUANTA TERRA PRECISA UM HOMEM

lhes eram trazidas duas vezes ao dia para que mamassem. Eram também ordenhadas, e do leite se fazia o *kumiss*. Com ele as mulheres preparavam o queijo, depois de bater bem e deixar fermentar. Os homens só faziam beber *kumiss*, chá, comer carneiro e tocar sua flauta. Eram todos rechonchudos, alegres, passavam o verão festejando a vida. Povo bem ignorante, nem russo sabiam, porém eram carinhosos.

Nesse paraíso, o ancião dos bashkires é chamado a decidir sobre o pedido de compra de terras feito por Pahóm. Ele propõe ao ganancioso visitante que fique com toda a terra que puder percorrer em um dia e impõe uma única condição: "Se não voltar no mesmo dia para o lugar de onde partiu, perderá todo o dinheiro". Sabiamente, o ancião dá a Pahóm a oportunidade de se redimir de todos os seus pecados. Se controlar a própria ganância, terá muita terra e viverá bem; se mergulhar nela, perderá tudo: as terras, o dinheiro e até a própria vida. Embora todo o enredo seja orquestrado pelo diabo, a narrativa deixa claro que Pahóm sempre tem a oportunidade de evitar as armadilhas diabólicas.

Se na ficção o ancião personifica a sabedoria, na vida real o próprio Tolstói, nas últimas décadas de vida e após a morte, tornou-se um sábio ancião para o mundo inteiro. No Brasil, assim como em outros países, a recepção de suas obras teve início quando ele ainda estava vivo. A literatura ficcional foi tão divulgada quanto os ensaios, artigos, declarações, diários... Como afirma Bruno Gomide em *Da estepe à caatinga: o romance russo no Brasil (1887-1936)*, "Tolstói estava em toda parte". As "imagens do Tolstói camponês, descalço e com alfanje na mão" circulavam por todos os países. Representam bem esse fato as palavras de Eugênio Gomes que Bruno Gomide usa como epígrafe no capítulo "Uma espécie de Isaías":

Quem não conhece a efígie do velho Tolstói de longas barbas esvoaçantes derramadas sobre a blusa humilde de moujick? E quem, diante dela, tendo lido ou não a sua

DE QUANTA TERRA PRECISA UM HOMEM

obra ortodoxa, não evocou a figura de um daqueles santos rústicos, mas puros, que investiam com os demônios nos desertos da Líbia?[8]

Em *De quanta terra precisa um homem*, o santo rústico dos bashkires vem propor a Pahóm um desafio. O caminho percorrido por este nas terras da estepe é apresentado como uma metáfora da vida de todo ser humano. O desejo de abarcar o mundo, de adquirir mais e mais terras cega o homem. Os seus sentidos se fecham, inclusive, para a mensagem do sonho revelador, ao qual ele responde apenas: "Cada sonho que me aparece!". No pouco tempo que conseguiu dormir antes de iniciar a jornada pela delimitação de suas terras, Pahóm tem um sonho terrível. Nele, relacionam-se diretamente o ancião e o diabo, numa sequência de transformações que passa pelo comerciante e pelo camponês, que lhe contaram as

---

8. São Paulo: Edusp, 2011. p. 209.

LEV TOLSTÓI

maravilhas das terras distantes. A dualidade ancião *x* diabo desaparece, os dois são a mesma pessoa.

A importância dos sonhos, muitas vezes premonitórios, na literatura de Tolstói tem sido estudada por críticos e pesquisadores. Para o próprio escritor, o sono relaciona-se com a morte. "O sono é morte. O que há depois da morte? Por que temer a morte? Como não temer a morte? Por que viver melhor se a morte virá?", ele escreve em seu diário no dia 25 de maio de 1886. E acrescenta: "Por que viver bem hoje se despertarei? Pois amanhã despertarei. De que a morte é sono não há dúvida. Vemos como tudo cai no sono e desperta. Nós mesmos caímos no sono e despertamos".[9]

No caso de Pahóm, essas palavras desdobravam-se em sentido. Se ele tivesse reconhecido o sonho como uma mensagem reveladora da verdade

---

9. Tradução minha das anotações do diário de 1886. Original russo disponível em: http://tolstoy.ru/online/90/49/.

da vida, não teria se deixado levar pela cobiça de perder cada vez mais terras. Acordado, ele não conseguia enxergar a realidade ardilosa montada pelo diabo. Pressentiu a morte – "Tinha medo de morrer, mas não podia parar" – e não conseguiu se salvar. "O criado de Pahóm veio correndo, querendo levantá-lo; este, porém, permanecia caído, e de sua boca corria um filetezinho de sangue. Estava morto." Assim, tudo o que Pahóm conseguiu para si foram sete palmos de terra.

Muitos se manifestaram naquela época contra a moral da história, contra a conclusão de que o homem precisa apenas da terra de sua própria cova. Um deles foi o escritor russo Anton Pávlovitch Tchekhov (1860-1904), que, em diálogo literário com a obra de Tolstói, escreveu em seu conto "Kryjovnik" ["Groselhas"]: "Costuma-se dizer que o homem precisa apenas de sete palmos de terra. Mas de sete palmos precisa um defunto, não um homem [...] O homem não precisa de sete palmos, não precisa de uma fazenda, mas de todo o globo terrestre".

LEV TOLSTÓI

Muitos se manifestavam também contra os ideais de Tolstói. À primeira vista, podem parecer ingênuas e descabidas as proposições do escritor para a humanidade e até para si mesmo, o que nos levaria a ler alguns de seus textos como desnecessários ao ceticismo do século XXI. Quando Pável Bassínski cita "o programa completo da nova vida familiar de Tolstói, assim como ele a imaginava e, pelo visto, chegou a apresentar à mulher e aos filhos", "a comuna de trabalho na base de uma família isolada", que nunca chegou a funcionar na prática, nos enternecemos, mas não confiamos plenamente em seus ideais.

Aos domingos, fazer almoços para mendigos e pobres, leitura e conversas. A vida cotidiana, a comida, a roupa (*riscado*: artes, ciências e outras desse tipo) – as mais simples (*riscado*: e acessíveis). Tudo que é demais: (*riscado*: vender) o piano, a mobília, as carruagens – vender ou doar. Somente se ocupar com tais ciências e artes que possam servir aos outros. O tratamento deve ser igual para com todos, do governador ao mendigo. O único objetivo é a felicidade de

DE QUANTA TERRA PRECISA UM HOMEM

cada um e da família, sabendo que a felicidade consiste em se contentar com pouco e fazer o bem aos outros.[10]

Entretanto, de modo tão contraditório quanto eram a vida e a obra do próprio Tolstói, nos sentimos arrebatados por suas histórias e pensamentos. Do longuíssimo *Guerra e paz*, com mais de 2 mil páginas, até as poucas linhas das histórias das cartilhas para crianças, todas as suas obras nos fazem parar para pensar. E o que pode ser mais necessário hoje do que uma pausa para reflexão? Por isso, às perguntas "O século XXI precisa de Tolstói?" e "Será que há espaço hoje para uma literatura comprometida com o princípio cristão ou 'anarquista cristão', como alguns o classificam?", a única resposta possível é um grande e eloquente sim.

Como observa Rubens Figueiredo na apresentação dos *Contos completos de Liev Tolstói*: "Por toda

---

10. Citado em Pável Bassínski. *Op. cit.*, p. 223.

a vida, Tolstói dedicou uma atenção incomum a populações, classes e grupos sociais em situação subalterna, oprimida, marginal, que se encontravam em diferentes formas de conflito com a ordem dominante". Para o escritor russo não existia "fundamento objetivo para avaliar como inferiores as formas de vida daquelas populações". O mesmo acontece com as formas narrativas. Tolstói explorou as possibilidades nessa área sem preconceito, e, quanto mais se aproximava do final da vida, mais alimentava a certeza de que as tradições populares têm muito a ensinar.

Assim, nos contos de Tolstói figuram com destaque ciganos, cossacos, vários povos do Cáucaso, sectários religiosos, camponeses (os mujiques), servos, criados, soldados, criminosos, presos, mulheres, velhos, crianças. No entanto, além de estarem presentes como personagens, eles constituem a fonte de formatos narrativos estudados e explorados por Tolstói, a fim de levar mais fundo seu questionamento. A preocupação contínua do escritor com as narrativas orais, de origens antigas, disseminadas entre populações ágrafas ou analfabetas, foi um componente decisivo em seu esforço para elaborar formas diferentes de narrar.[11]

Como fez o escritor, o leitor deve conciliar opostos. O prazer e a sabedoria estão em ler o seu texto não apenas como uma literatura de fundo moral, como muitas vezes ele próprio pregou, mas como peças-chave para o melhor entendimento do ser humano e da humanidade em toda a sua complexidade, sem excluir nenhuma de suas contradições.

Denise Sales[12]
Universidade Federal do Rio Grande do Sul

---

11. *Contos completos de Liev Tolstói.* Apresentação de Rubens Figueiredo. São Paulo: Cosac Naify, 2015. p. 27-28.

12. Professora e pesquisadora do setor de russo do Instituto de Letras da UFRGS. Traduziu várias obras da literatura russa, entre elas *Minha vida* e *Três anos*, de Anton Tchekhov, e *A fraude e outras histórias*, de Nikolai Leskov. Em 2016, foi indicada como finalista do prêmio Jabuti pela tradução, em conjunto com Elena Vasilevich, de *Contos de Kolimá*, de Varlam Chalámov.

Este livro foi impresso pela gráfica Grafilar
em fonte Minion Pro sobre papel Pólen Bold 90 g/m^2
para a Via Leitura.